Madame
POURQUOI

Collection MADAME

MONSIEUR **MADAME**

MONSIEUR **MADAME**

Madame
POURQUOI

Roger Hargreaves

hachette
JEUNESSE

Madame Pourquoi
ne s'appelle pas madame Pourquoi pour rien.

Regarde sa maison.

Regarde aussi son jardin.

Et regarde-la.

Tu te demandes pourquoi ses cheveux sont coiffés en point d'interrogation ?

Eh bien, parce que c'est comme ça.

Un point, c'est tout.

Ce lundi-là, madame Pourquoi sortit de chez elle.

Tu te demandes pourquoi ?

Eh bien, parce qu'elle en avait le droit, non ?

Ce même lundi,
madame Pourquoi vit deux marguerites.

– Pourquoi avez-vous des pétales blancs
et un cœur jaune ? leur demanda-t-elle.

Les marguerites ne répondirent pas.
Bien entendu !

Ensuite, madame Pourquoi aperçut un ver de terre.

– Pourquoi portez-vous un nœud papillon vert ?
lui demanda-t-elle.

Le ver de terre ne répondit pas,
mais il se contorsionna de rire.
Bien entendu !

Ensuite madame Pourquoi rencontra monsieur Bizarre.

Ne demande pas pourquoi.

Elle le rencontra, voilà tout.

– Pourquoi mangez-vous un sandwich à la purée ?
demanda madame Pourquoi à monsieur Bizarre.

– Parce que je n'aime pas les sandwiches
à la choucroute, répondit-il.
Bien entendu !

– Et pourquoi n'aimez-vous pas la choucroute ?
l'interrogea madame Pourquoi.

– Parce que je préfère marcher tranquillement.

Et monsieur Bizarre s'en alla.

En courant.

Madame Pourquoi finit par arriver en ville.

Elle entra dans la boulangerie
de madame Croissant-Chaud.

Ne demande pas pourquoi !

Tourne plutôt la page.

– Pourquoi vous appelez-vous madame Croissant-Chaud alors que vous vendez des croissants froids ? commença à demander madame Pourquoi.

Madame Croissant-Chaud n'eut pas
le temps de répondre.

– Et pourquoi vendez-vous des baguettes
et des ficelles alors que votre magasin
est une boulangerie ?
continua madame Pourquoi.

Et pourquoi ci… Et pourquoi ça…

Et pourquoi ça… Et pourquoi ci…

Cela dura, dura.

À la porte de la boulangerie,
la file d'attente s'allongea, s'allongea.

– Ça suffit ! finit par crier
madame Croissant-Chaud. AU SUIVANT !

– Mais pourquoi…
commença madame Pourquoi.

Mais sans comprendre ni pourquoi ni comment,
elle se retrouva à la rue.

Dans la rue, madame Pourquoi se demanda :

– Pourquoi les gens me jettent-ils
des regards noirs ?

Et pourquoi madame Prudente agite-t-elle
son parapluie ?

Serait-ce qu'il va pleuvoir ?

Alors elle partit en courant.
Elle allait chez sa meilleure amie.

Tu te demandes pourquoi ?

Arrête de demander pourquoi !

Devine plutôt comment s'appelle sa meilleure amie.

Elle s'appelle madame…

… Pourquoi pas !

RÉUNIS VITE LA COLLECTION ENTIÈRE

1 MME AUTORITAIRE	2 MME TÊTE-EN-L'AIR	3 MME RANGE-TOUT	4 MME CATASTROPHE	5 MME ACROBATE	6 MME MAGIE	7 MME PROPRETTE	8 MME INDÉCISE
9 MME PETITE	10 MME TOUT-VA-BIEN	11 MME TINTAMARRE	12 MME TIMIDE	13 MME BOUTE-EN-TRAIN	14 MME CANAILLE	15 MME BEAUTÉ	16 MME SAGE
17 MME DOUBLE	18 MME JE-SAIS-TOUT	19 MME CHANCE	20 MME PRUDENTE	21 MME BOULOT	22 MME GÉNIALE	23 MME OUI	24 MME POURQUOI
25 MME COQUETTE	26 MME CONTRAIRE	27 MME TÊTUE	28 MME EN RETARD	29 MME BAVARDE	30 MME FOLLETTE	31 MME BONHEUR	32 MME VEDETTE
33 MME VITE-FAIT	34 MME CASSE-PIEDS	35 MME DODUE	36 MME RISETTE	37 MME CHIPIE	38 MME FARCEUSE	39 MME MALCHANCE	40 MME TERREUR	41 MME PRINCESSE

DES **MONSIEUR MADAME**

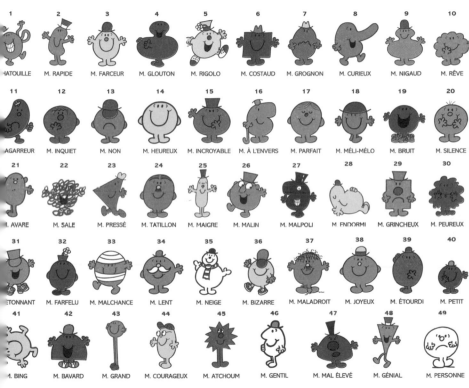

1 ...ATOUILLE	2 M. RAPIDE	3 M. FARCEUR	4 M. GLOUTON	5 M. RIGOLO	6 M. COSTAUD	7 M. GROGNON	8 M. CURIEUX	9 M. NIGAUD	10 M. RÊVE
11 ...AGARREUR	12 M. INQUIET	13 M. NON	14 M. HEUREUX	15 M. INCROYABLE	16 M. À L'ENVERS	17 M. PARFAIT	18 M. MÉLI-MÉLO	19 M. BRUIT	20 M. SILENCE
21 ...AVARE	22 M. SALE	23 M. PRESSÉ	24 M. TATILLON	25 M. MAIGRE	26 M. MALIN	27 M. MALPOLI	28 M. ENDORMI	29 M. GRINCHEUX	30 M. PEUREUX
31 ...ETONNANT	32 M. FARFELU	33 M. MALCHANCE	34 M. LENT	35 M. NEIGE	36 M. BIZARRE	37 M. MALADROIT	38 M. JOYEUX	39 M. ÉTOURDI	40 M. PETIT
41 ...BING	42 M. BAVARD	43 M. GRAND	44 M. COURAGEUX	45 M. ATCHOUM	46 M. GENTIL	47 M. MAL ÉLEVÉ	48 M. GÉNIAL	49 M. PERSONNE	

Edité par Hachette-Livre - 43 quai de Grenelle, 75905 Paris cedex 15
Dépôt légal : avril 1990
Loi n° 49-956 du 16 juillet 1949 sur les publications destinées à la jeunesse.
Imprimé et relié en France par I.M.E.